collection émeraude

les trois pommes d'or

adaptation de Marguerite Maillet
illustrations de Jocelyne Doiron

Bouton d'or Acadie

Une fois, c'était un pauvre homme qui avait un beau gros pommier. Chaque année, ce pommier produisait trois pommes d'or, mais une fois qu'elles étaient mûres, ces pommes étaient volées une à une, soir après soir après soir.

Un jour, le pauvre homme met ses trois fils au défi de découvrir qui vient voler leurs pommes d'or.

Les pommes étant mûres ou presque, l'aîné, Pierre, prend un sabre, monte dans le pommier, s'installe, et fait le guet. Mais vers quatre heures du matin, il s'endort. Quand il se réveille, il constate, hélas, qu'une pomme a disparu.

Le lendemain soir, son frère Jacques, muni d'un sabre, grimpe dans le pommier, bien décidé à surprendre le voleur. Mais il s'endort, lui aussi, vers quatre heures du matin. À son réveil, il découvre qu'une deuxième pomme a disparu.

4

—Ce soir, j'y vais, moi, découvrir le voleur, dit P'tit-Jean à son père.

Comme ses frères aînés, il prend un sabre, mais il emporte, en plus, une vieille faux. Aussitôt monté dans le pommier, il se couche, et il dort profondément. Vers quatre heures du matin, il se réveille : la troisième pomme est encore là. Il se tient alors aux aguets.

Tout à coup, il voit venir comme un nuage qui s'approche, et s'approche. Il empoigne sa faux, et quand cette forme arrive près de la pomme, il frappe un grand coup. Peine perdue : cette espèce de nuage se dérobe, emportant la pomme d'or, mais en laissant tomber une plume. P'tit-Jean descend vite, ramasse la plume, et court à la maison.

—Père, c'est un oiseau qui vole nos pommes d'or, lance P'tit-Jean à moitié heureux.

—C'est donc ça ! C'est sûrement l'oiseau qu'on appelle dormétique, ou l'oiseau de vérité, déclare le père. Il est gardé par trois géants, pas très loin d'ici. Si nous pouvions délivrer cet oiseau, nous sauverions certainement nos pommes d'or.

Le lendemain, Pierre, muni d'un fusil, part à la recherche de l'oiseau dormétique. Arrivé à une croisée de chemins, il se demande lequel prendre, quand un renard, boitant, l'interpelle. Étonné, Pierre met la main à son fusil, et s'apprête à tirer.

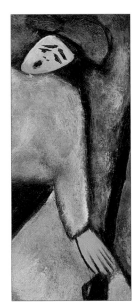

—Tue-moi pas, si tu veux ramener l'oiseau dormétique.

Sans broncher, Pierre braque son fusil vers le renard, mais celui-ci disparaît. Pierre s'engage alors dans un chemin qui, hélas, le mène à un cul-de-sac. Découragé, il revient lentement à la maison.

— Demain, j'irai, moi, à la recherche de l'oiseau dormétique, dit Jacques à son père.

Fusil à l'épaule, il prend la route dès le lever du soleil. À la croisée des chemins, il est à scruter les alentours, quand un renard s'avance en boitant, et lui dit :

— Tu cherches l'oiseau dormétique, hein ?

Jacques met aussitôt son fusil en joue, mire ce renard qui lui parle, mais celui-ci se cache tout en lui lançant :

— Si tu veux me tuer, tu ne réussiras pas dans ton projet.

Comme de fait, Jacques s'égare, et, à sa courte honte, il doit rentrer chez lui.

— Aujourd'hui, j'y vais, moi, chercher l'oiseau dormétique, dit P'tit-Jean dès son réveil.

Il part très tôt, sans emporter de fusil. Arrivé à la croisée des chemins, il s'assoit sur une borne.

— Hé ! Voudrais-tu m'enlever l'épine que j'ai à la patte ? demande un renard.

— Mais oui. Approche, et je l'enlèverai.

Soulagé et reconnaissant, le renard dit à P'tit-Jean :

—Tu recherches l'oiseau dormétique ? Écoute, il est gardé par trois géants. Entre dans la demeure qu'on voit là-bas. Tu y verras deux cages, une neuve et une vieille. Mets l'oiseau dans la vieille cage, puis sors vite. Si tu le mets dans la belle cage neuve, l'oiseau se mettra à chanter, et les géants se réveilleront.

P'tit-Jean se rend à la maison des géants, et il y trouve l'oiseau et les deux cages.

Se méfiant un peu du renard connu pour jouer des tours à tout le monde, P'tit-Jean met l'oiseau dans la belle cage neuve. L'oiseau commence à chanter de bonheur, et les géants sautent debout.

— Que cherches-tu ici ?

— Rien, je suis entré, j'ai vu l'oiseau hors de sa cage, et je l'ai enfermé. Il aurait pu s'enfuir…

— Dans une maison tout près d'ici se trouve une fille gardée par trois méchants géants. Si tu peux nous l'amener, nous te donnerons l'oiseau.

P'tit-Jean se dirige vers la maison désignée, quand il entend le renard :

— P'tit-Jean, si tu m'avais obéi, tu serais chez toi maintenant avec l'oiseau dormétique… Je veux bien t'aider encore cette fois. Il y a bel et bien une fille gardée par trois méchants géants. Près d'elle, tu remarqueras, d'un côté, un bel habit neuf et un beau chapeau et, de l'autre, un vieil habit et un vieux chapeau. Ne lui mets pas l'habit et le chapeau neufs, car cela la fera rire, et les méchants géants se réveilleront.

Toujours aussi méfiant, P'tit-Jean part, et fait exactement le contraire de ce que le renard lui a dit. La fille, se voyant vêtue d'un bel habit neuf, éclate de rire, et les méchants géants crient :

— Malheureux, que fais-tu ici ?

— Je suis entré comme ça, j'ai vu une belle fille mal habillée, j'ai pensé bien faire en la revêtant d'habits neufs.

— Pas loin d'ici, il y a un cheval gardé par trois géants très méchants. Si tu peux nous l'amener, nous te donnerons la fille.

P'tit-Jean est à peine sorti de la maison que le renard le rejoint.

— Ah ! P'tit-Jean, tu as encore fait à ta tête ! Mais je veux bien t'aider. Si tu veux ramener le cheval sans réveiller les géants très méchants, écoute-moi cette fois, sinon tu pourrais mourir. Dans l'écurie, tu trouveras une vieille bride, puis, à côté,  une bride reluisante ; celle-ci est équipée d'une vis à droite, et quand on tourne cette vis, le cheval avance plus vite. Attention, ne touche pas à la bonne bride, mais prends la vieille bride, sinon le cheval va hennir, et les géants très méchants vont se réveiller.

P'tit-Jean se rend à l'écurie, jette la bride luisante sur le cou du cheval, qu'il monte en vitesse. Il tourne alors la vis, et dirige le cheval vers la maison où est gardée la fille.

— Voilà, dit P'tit-Jean aux méchants géants, je vous amène le cheval en échange de la fille !

— Bien, tu l'as méritée !

— Comme vous êtes généreux, vous laisserez sûrement la fille monter le cheval avec moi. Nous irons faire une courte promenade.

— Ça va. Nous vous attendons ici.

Aussitôt partis, P'tit-Jean donne un tour de vis à la bride, la fille se met à chanter, et le cheval galope vers la demeure des géants qui gardent l'oiseau dormétique.

— Vous m'avez demandé la fille en échange de l'oiseau, dit P'tit-Jean, la voici !

— Et voici l'oiseau ! Un marché, c'est un marché !

— Me permettriez-vous d'aller faire une petite promenade avec la fille et l'oiseau ? Ce serait beau de les entendre chanter tous les deux.

— Permission accordée ! Mais sois certain de revenir, sinon...

P'tit-Jean installe la fille sur le cheval, dépose la cage et l'oiseau sur ses genoux, et il monte lui-même le cheval. Il le laisse d'abord aller au petit trot, puis, au détour du chemin, il donne un tour de vis, lançant sa monture au galop en direction de chez lui.

Imaginez la joie du pauvre père à la vue de l'oiseau dormétique ! Plus jamais leurs pommes d'or ne seront volées !

Et la fille ? Elle est heureuse d'épouser le courageux P'tit-Jean, n'en doutez pas.

Quelques années plus tard, on pouvait voir un petit garçon courir autour du beau gros pommier.

À propos de Bouton d'or Acadie...
Depuis longtemps en Acadie, à la saison florissante, la nature est parsemée de marguerites jaunes qu'on surnomme boutons d'or. En hommage à cette vision fleurie, la fondatrice de Bouton d'or Acadie enr., Marguerite Maillet, a voulu représenter l'entreprise par le symbole floral que rappelle son prénom. Exprimant à la fois le respect d'un imaginaire ancestral et de l'éclosion de la jeunesse, Bouton d'or Acadie enr. participe au développement de la littérature jeunesse en Acadie et partout dans le monde. (Judith Hamel)

Adaptation par Marguerite Maillet d'un conte traditionnel déposé au Centre d'études acadiennes ; version racontée à Claude Savoie, en 1974, par Charles Allain (86 ans) d'Eel River Crossing, au Nouveau-Brunswick. Illustrations de Jocelyne Doiron.

Maquette de la couverture : Jovette Cyr et Claude Guy Gallant
Logos : Jovette Cyr
Mise en pages : Marguerite Maillet
La 4ᵉ page de couverture : texte de Judith Hamel
                              illustration de Claude Guy Gallant

Collection émeraude :   ISSN 1206-291X
Les trois pommes d'or : ISBN 2-922203-12-3
Imprimeur : Interglobe, Beauceville (Québec)
Diffuseur : Prologue
Dépôt légal : 2ᵉ trimestre 1998
Bibliothèque nationale du Canada
Bibliothèque nationale du Québec

© Bouton d'or Acadie
   140, rue Botsford, pièce 22
   Moncton, N.-B., E1C 4X4, Canada

Téléphone :   (506) 382-1367
Télécopieur : (506) 857-2064

Bouton d'or Acadie a bénéficié de l'aide financière du Conseil des Arts du Canada et de la Direction des Arts du Nouveau-Brunswick pour la publication de cet ouvrage.